RATUS POCHE

COLLECTION DIRIGÉE PAR JEANINE ET JEAN GUION

Super-Mamie et le dragon

Super-Mamie et la forêt interdite

- Super-Mamie et le dragon
- Le Noël magique de Super-Mamie
- Les farces magiques de Super-Mamie
- Le drôle de cadeau de Super-Mamie
- Super-Mamie, maîtresse magique
- Au secours, Super-Mamie !
- Super-Mamie et la machine à rétrécir
- Super-Mamie, sirène magique
- Le mariage de Super-Mamie
- Super-Mamie s'en va-t-en guerre !

 ISSN 1259 4652, ISBN 2-218 74930-0

Super-Mamie
et le dragon

Une histoire de Jeanine et Jean Guion
illustrée par Jean-Christophe Raufflet

HATIER

Il y a très longtemps, un roi bête et méchant vivait dans un château entouré d'une forêt peuplée de monstres. Près de là, dans un village, Martin et Margot habitaient avec Super-Mamie, leur grand-mère un peu sorcière…

Les personnages de l'histoire

Pour Léana.

Le roi de Baboulie fait peur à tout le monde. Mais ce matin, c'est lui qui claque des dents. Il crie : 1

– Au secours ! Il y a un monstre dans la cour de mon château !

Et c'est vrai. Dans la nuit, un gros dragon est sorti de la forêt et s'est couché sous les fenêtres du roi. Il grogne, il lance des flammes et donne des coups de queue terribles qui font trembler le sol.

Qu'est-ce que le Grand Baboul veut donner à manger au dragon ?

– Que veut-il ? demande le roi au savant du royaume. 2

– Il a l'œil triste, je crois qu'il s'ennuie, répond le savant. Et il bave beaucoup, il a sûrement faim !

Le Grand Baboul a une idée. Il se penche à sa fenêtre et crie :

– Eh, le dragon ! Je vais te donner des gamins. Tu pourras jouer avec, et après tu les mangeras en dessert !

Il envoie ses gardes chercher des enfants, mais ils n'en trouvent pas.

Dans l'histoire, avec qui Lisette joue-t-elle ?

– Sire, les enfants de vos sujets ont tous disparu ! dit un garde. Il ne reste plus que Lisette, la fille du premier ministre. 3

– Tant pis pour elle, dit le roi. Donnez-la au dragon !

Mais Lisette n'est pas seule. Elle est avec Martin et Margot qui sont venus du village, de l'autre côté de la forêt, pour jouer avec elle.

– Tant mieux, dit le roi avec un sourire méchant. Ça va en faire trois d'un coup pour le dragon !

Qui va aller prévenir Super-Mamie ?

Les gardes s'emparent des enfants 4
et les emmènent de force.

– Au secours ! crie Lisette. Papa, il
faut prévenir Super-Mamie. Envoie 5
vite ma pie…

Le premier ministre attache un
message à la patte de l'oiseau et lui 6
ouvre la fenêtre. La pie s'envole au-dessus de la forêt. Elle connaît bien le chemin jusqu'à la maison du village où vit Super-Mamie, la grand-mère de Martin et Margot.

••••••

Lisette dit d'aller se cacher. Où ?

Pendant ce temps, les gardes jettent les enfants dans la cour du château, puis rentrent vite se mettre à l'abri. En les voyant, le dragon rugit de plaisir : voilà ses jouets !

« Je vais bien m'amuser, pense-t-il. Et après, je les mangerai ! »

– Il va nous écraser ! dit Lisette. Courons derrière ce tas de bois…

Le dragon se dresse sur ses pattes arrière. Il ouvre la gueule, crache une longue flamme et le bois prend feu !

Qui va tomber et rester seule face au dragon ?

– Vite, vite ! crie Martin. Sauvons-nous !

Le monstre frappe le sol de ses
pattes énormes et donne de grands 7
coups de queue qui font vibrer les 8
murs du château. Il est fou de rage. Il 9
gronde et lance des flammes vers les
enfants qui courent à toutes jambes. 10
Lisette et Martin ont juste le temps
de sauter derrière un mur, mais
Margot tombe.

Quand elle se relève, elle est seule face au dragon !

Qui est le fils du Grand Baboul ?

Pendant ce temps, le Grand
Baboul a fait barricader les portes 11
du château. Il regarde par la fenêtre.
Soudain, il hurle :

– Non ! Non… pas lui !

Dans la cour, il vient d'apercevoir son fils Nigodon qui revient en chantant de la pêche aux grenouilles.

Le monstre voit à son tour Nigodon
et oublie Margot. Il passe sa grosse
langue baveuse sur ses babines de 12
feu…

Qui sauve les enfants ?

C'est alors qu'une pluie d'étincelles 13
tombe du ciel. Le dragon lève la tête :
une femme à cheval sur un balai
tourne en rond au-dessus de lui. C'est
Super-Mamie ! Elle pointe un doigt 14
dans sa direction en récitant une
formule magique :

– *Nogard, sulp eguob !* 15

Le monstre ne bouge plus, comme paralysé. Super-Mamie ajoute :

– Si tu touches à un seul enfant, je te transforme en âne !

D'après Super-Mamie, que doit manger le dragon ?

Le dragon essaie de lancer une flamme, mais il reçoit une gerbe d'eau magique qui éteint le feu de son museau et le rend doux comme un caniche.

Super-Mamie se pose devant lui et descend de son balai.

– Tu veux savoir qui tu peux manger dans ce château ? dit-elle.

Le monstre fait oui de la tête.

Elle se tourne vers une fenêtre et montre le Grand Baboul :

– C'est lui !

Que veut dire la formule magique de Super-Mamie ?

– Gardes ! crie le roi. Attrapez-moi cette sorcière.

Mais Super-Mamie est rapide. Elle saute sur son balai, s'envole et pointe un doigt vers le Grand Baboul :

– *Nogard el tnaved ebmot !* 16

– Au secours ! crie-t-il en tombant dans la cour.

Le dragon le regarde en reniflant.

– Beurk ! fait-il. Ce petit roi sent l'eau de Cologne !

Et dégoûté, il retourne de son pas lourd dans la forêt.

Qui a dit d'arroser la cour du château avec de l'eau de Cologne ?

– Vive Super-Mamie ! s'écrient alors Lisette, Martin et Margot.

– Vive la vieille sorcière ! ajoute Nigodon qui n'est pas poli.

Quand le Grand Baboul comprend ce qui s'est passé, il dit à ses gardes :

– Arrosez la cour avec de l'eau de Cologne, comme ça le dragon ne reviendra plus.

Martin et Margot éclatent de rire, puis ils grimpent sur le balai magique de leur super grand-mère et tous les trois rentrent dans leur village, sains et saufs. 17

1

il claque des dents
Il a si peur
qu'il fait du bruit
avec ses dents.

2

un **savant**
Son métier est
de savoir beaucoup
de choses.

un **royaume**
(roi-io-me)
Un pays gouverné
par un roi.

3

les **sujets**
Les gens qui
doivent obéir
au roi.

4

ils **s'emparent** des
enfants
Ils les enlèvent.

5

prévenir
Avertir
Super-Mamie,
la mettre au
courant.

6

un **message**
Un morceau
de papier
où le père
de Lisette
a écrit
quelque chose.

7

énormes
Très grosses.

8
vibrer
Bouger, trembler.

9
fou de rage
Très, très en colère.

10
à toutes jambes
Ils courent très vite.

11
barricader
Fermer solidement.

12
ses **babines**
Les lèvres
du dragon.

13
une **pluie d'étincelles**
Plein de petits
éclats de lumière
qui tombent.

14
elle **pointe**
Elle montre avec
le bout du doigt.

15
Nogard, sulp eguob !
Formule magique :
« Bouge plus,
dragon ! » écrit
à l'envers.

16
Nogard el tnaved ebmot !
Formule magique :
« Tombe devant
le dragon ! »
écrit à l'envers.

17
sains et saufs
En pleine forme,
en bonne santé.

Les aventures du rat vert

- 1 Le robot de Ratus
- 3 Les champignons de Ratus
- 6 Ratus raconte ses vacances
- 8 Ratus et la télévision
- 15 Ratus se déguise
- 19 Les mensonges de Ratus
- 21 Ratus écrit un livre
- 23 L'anniversaire de Ratus
- 26 Ratus à l'école du cirque
- 29 Ratus et le sapin-cactus
- 36 Ratus et le poisson-fou
- 40 Ratus et les puces savantes
- 46 Ratus en ballon
- 47 Ratus père Noël
- 50 Ratus à l'école
- 1 Ratus chez le coiffeur
- 2 Ratus et les lapins
- 9 Ratus aux sports d'hiver
- 13 Ratus pique-nique
- 23 Ratus sur la route des vacances
- 27 La grosse bêtise de Ratus
- 38 Ratus chez les robots
- 41 Ratus à la ferme
- 46 Ratus champion de tennis
- 8 La classe de Ratus en voyage
- 12 Ratus en Afrique
- 16 Ratus et l'étrange maîtresse
- 26 Ratus à l'hôpital
- 29 Ratus et la petite princesse
- 31 Ratus et le sorcier
- 33 Ratus gardien de zoo
- 47 En vacances chez Ratus

Les aventures de Mamie Ratus

- 7 Le cadeau de Mamie Ratus
- 39 Noël chez Mamie Ratus
- 3 Les parapluies de Mamie Ratus
- 8 La visite de Mamie Ratus
- 31 Le secret de Mamie Ratus
- 5 Les fantômes de Mamie Ratus

Ralette, drôle de chipie

- 10 Ralette au feu d'artifice
- 11 Ralette fait des crêpes
- 13 Ralette fait du camping
- 18 Ralette fait du judo
- 22 La cachette de Ralette
- 24 Une surprise pour Ralette
- 28 Le poney de Ralette
- 38 Ralette, reine du carnaval
- 45 Ralette, la super-chipie !
- 51 Joyeux Noël, Ralette !
- 4 Ralette n'a peur de rien
- 6 Mais où est Ralette ?
- 20 Ralette et les tableaux rigolos
- 44 Les amoureux de Ralette
- 48 L'idole de Ralette
- 11 Ralette au bord de la mer
- 34 Ralette et l'os de dinosaure

Collection Ratus Poche

Les histoires de toujours

- 27 Icare, l'homme-oiseau
- 32 Les aventures du chat botté
- 35 Les moutons de Panurge
- 37 Le malin petit tailleur
- 41 Histoires et proverbes d'animaux
- 49 Pégase, le cheval ailé
- 26 Le cheval de Troie
- 32 Arthur et l'enchanteur Merlin
- 43 La légende des santons de Provence
- 49 Les malheurs du père Noël
- 52 À l'école de grand-père
- 21 L'extraordinaire voyage d'Ulysse
- 27 Robin des Bois, prince de la forêt
- 36 Les douze travaux d'Hercule
- 40 Les folles aventures de Don Quichotte
- 46 Les mille et une nuits de Shéhérazade
- 49 La malédiction de Toutankhamon

Super-Mamie et la forêt interdite

- 42 Super-Mamie et le dragon
- 43 Le Noël magique de Super-Mamie
- 44 Les farces magiques de Super-Mamie
- 48 Le drôle de cadeau de Super-Mamie
- 39 Super-Mamie, maîtresse magique
- 42 Au secours, Super-Mamie !
- 45 Super-Mamie et la machine à rétrécir
- 50 Super-Mamie, sirène magique
- 37 Le mariage de Super-Mamie
- 39 Super-Mamie s'en va-t-en guerre !

L'école de Mme Bégonia

- 11 Drôle de maîtresse
- 14 Au secours, le maître est fou !
- 16 Le tableau magique
- 25 Un voleur à l'école
- 33 Un chien à l'école
- 47 Bonjour, madame fantôme !

La classe de 6^e^

- 14 La classe de 6e et les hommes préhistoriques
- 17 La classe de 6e tourne un film
- 24 La classe de 6e au Futuroscope
- 30 La classe de 6e découvre l'Europe
- 35 La classe de 6e et les extraterrestres
- 42 La classe de 6e et le monstre du Loch Ness
- 44 La classe de 6e au Puy du Fou
- 48 La classe de 6e contre les troisièmes

Collection Ratus Poche

Les imbattables

- 54 La rentrée de Manon
- 55 Le chien de Quentin

Baptiste et Clara

- 30 Baptiste et le requin
- 35 Baptiste et Clara contre le vampire
- 37 Baptiste et Clara contre le fantôme
- 40 Clara et la robe de ses rêves
- 51 Clara et le secret de Noël
- 53 Les vacances de Clara
- 22 Baptiste et Clara contre l'homme masqué
- 32 Baptiste et le complot du cimetière
- 38 Clara superstar
- 41 Clara et le garçon du cirque
- 43 Clara, reine des fleurs
- 45 Clara et le cheval noir

Les enquêtes de Mistouflette

- 9 Mistouflette et le trésor du tilleul
- 30 Mistouflette sauve les poissons
- 34 Mistouflette et les chasseurs
- 5 Mistouflette et les tourterelles en danger
- 24 Mistouflette enquête au pays des oliviers
- 1 Mistouflette contre les voleurs de chiens
- 7 Mistouflette et la plante mystérieuse

Hors séries

- 2 Tico fait du vélo
- 4 Tico aime les flaques d'eau
- 12 Le bonhomme qui souffle le vent
- 25 Sino fête son anniversaire
- 31 Les monstres de l'espace
- 33 Attaque dans l'espace
- 7 Mon copain le monstre
- 19 Le petit dragon qui toussait
- 28 Nina et le vampire
- 34 Les pirates de l'espace
- 2 Les malheurs d'un pâtissier
- 3 Karim et l'oiseau blanc
- 4 Timothée et le dragon chinois
- 6 Le facteur tête en l'air
- 9 Romain, graine de champion
- 10 Le trésor des trois marchands
- 15 Une nuit avec les dinosaures

Conception graphique couverture : Pouty Design
Conception graphique intérieur : Jean Yves Grall • mise en page : Atelier JMH

Imprimé en France par Pollina, 85400 Luçon - n° L41118
Dépôt légal n° 47463 - septembre 2006